큰 글
한국문학선집

김영랑 시선집

모란이 피기까지는

일러두기

1. 이 시집은 『영랑시집』(시문학사, 1935), 『영랑시선』(중앙문화협회, 1949), 『현대시집』(정음사, 1950), 『모란이 피기까지는』(미래사, 1991)을 참조하였다.

2. 표기 및 띄어쓰기는 원칙적으로 현행 맞춤법에 따랐다. 그러나 시적 효과 및 음수율과 관련된 경우는 원문의 표기, 띄어쓰기를 그대로 따랐다.

3. 원문에 " " 및 ' ' 표기는 〈 〉로 고쳤다.
   그러나 원문에서 [ ]를 사용한 경우는 원문 표기를 따랐다.

4. 원문에서 표기한 한자의 경우는 필요시 그대로 두었다.

5. 작품 수록순서는 『영랑시집』 목차를 우선하고 다음으로 신문, 잡지, 『현대시집』 발표순으로 하였다.

6. 텍스트의 이해를 돕기 위하여 편자 주를 달았는데, 이는 국립국어원의 뜻을 참조하였다.

목 차

끝없는 강물이 흐르네

내 마음의 어딘 듯 한편에 끝없는
　　강물이 흐르네
돋쳐 오르는 아침 날빛이 빤질한
　　은결을 돋우네
가슴엔 듯 눈엔 듯 또 핏줄엔 듯
마음이 도른도른 숨어 있는 곳
내 마음의 어딘 듯 한편에 끝없는
　　강물이 흐르네

돌담에 속삭이는 햇발

돌담에 속삭이는 햇발같이
풀 아래 웃음 짓는 샘물같이
내 마음 고요히 고운 봄길 위에
오늘 하루 하늘을 우러르고 싶다

새악시[1] 볼에 떠오는 부끄럼같이
시(詩)의 가슴에 살포시 젖는 물결같이
보드레한 에메랄드 얇게 흐르는
실비단 하늘을 바라보고 싶다

---

1) '새색시'의 방언(경상).

언덕에 바로 누워

언덕에 바로 누워
아슬한 푸른 하늘 뜻 없이 바래다가
나는 잊었습네 눈물 도는 노래를
그 하늘 아슬하여 너무도 아슬하여

이 몸이 서러운 줄 언덕이야 아시련만
마음의 가는 웃음 한때라도 없더라냐
아슬한 하늘 아래 귀여운 맘 질기운 맘
내 눈은 감기었데 감기었데

뉘 눈결에 쏘이었소

뉘 눈결에 쏘이었소
온통 수줍어진 저 하늘빛
담 안에 복숭아꽃이 붉고
밖에 봄은 벌써 재앙스럽소

꾀꼬리 단둘이 단둘이로다
빈 골짝도 부끄러워
혼란스런 노래로 흰 구름 피어올리나
그 속에 든 꿈이 더 재앙스럽소

오-매 단풍 들것네

〈오-매 단풍 들것네〉
장광에 골붉은 감잎 날아오아
누이는 놀란 듯이 치어다보며
〈오-매 단풍 들것네〉

추석이 내일 모레 기둘리리
바람이 잦이어서 걱정이리
누이의 마음아 나를 보아라
〈오-매 단풍 들것네〉

함박눈

〈바람이 부는 대로 찾아가오리〉
흘린 듯 기약하신 님이시기로
행여나! 행여나! 귀를 종금이
어리석다 하심은 너무로구려

문풍지 설움에 몸이 저리어
내리는 함박눈 가슴 해어져
헛보람! 헛보람! 몰랐으료만
날더러 어리석단 너무로구려

노래

눈물에 실려 가면 산길로 칠십 리
돌아보니 찬바람 무덤에 몰리네
서울이 천리로다 멀기도 하련만
눈물에 실려 가면 한 걸음 한 걸음

뱃장[2] 위에 부은 발 쉬일까보다
달빛으로 눈물을 말릴까보다
고요한 바다 위로 노래가 떠간다
설움도 부끄러워 노래가 노래가

---

2) 목선(木船)의 안쪽 바닥.

쓸쓸한 뫼 앞에

쓸쓸한 뫼 앞에 후젓이 앉으면
마음은 갈앉은 양금3)줄같이
무덤의 잔디에 얼굴을 부비면
넋이는 향 맑은 구슬 손같이
산골로 가노라 산골로 가노라
무덤이 그리워 산골로 가노라

---

3) 채로 줄을 쳐서 소리를 내는 현악기의 하나.

꿈밭에 봄 마음

구비진 돌담을 돌아서 돌아서
달이 흐른다 놀이 흐른다
하이얀 그림자
은실을 즈르르 몰아서
꿈밭에 봄 마음 가고 가고 또 간다

님 두시고

님 두시고 가는 길의 애끈한 마음이여
한숨 쉬면 꺼질 듯한 조매로운4) 꿈길이여
이 밤은 캄캄한 어느 뉘 시골인가
이슬같이 고인 눈물을 손끝으로 깨치나니

---

4) '조마조마한 느낌이 들 정도로 연약하고 희미한'의 의미.

아지랑이

허리띠 매는 시악시 마음 실같이
꽃가지에 은은한 그늘이 지면
흰 날의 내 가슴 아지랑이 낀다
흰 날의 내 가슴 아지랑이 낀다

풀 위에 맺혀지는

풀 위에 맺혀지는 이슬을 본다
눈썹에 아롱지는 눈물을 본다
풀 위엔 정기가 꿈같이 오르고
가슴은 간곡히 입을 벌린다

좁은 길가에

좁은 길가에 무덤이 하나
이슬에 젖이우며 밤을 새인다
나는 사라져 저 별이 되오리
뫼 아래 누워서 희미한 별을

밤 사람 그립고야

밤 사람 그립고야
말없이 걸어가는 밤 사람 그립고야
보름 넘은 달 그리메[5] 마음아이 서어로아
오랜 밤을 나도 혼자 밤 사람 그립고야

---

5) '그림자'의 옛말.

숲 향기

숲 향기 숨길을 가로막았소
발끝에 구슬이 깨이어지고
달 따라 들길을 걸어다니다
하룻밤 여름을 새워버렸소

저녁 때 저녁 때

저녁 때 저녁 때 외로운 마음
붙잡지 못하여 걸어다님을
누구라 불어 주신 바람이기로
눈물을 눈물을 빼앗아가오

무너진 성터

무너진 성터에 바람이 세나니
가을은 쓸쓸한 맛뿐이구려
희끗희끗 산국화 나부끼면서
가을은 애닮다 속삭이느뇨

산골을 놀이터로

산골을 놀이터로 커난 시악시
가슴 속은 구슬같이 맑으련마는
바라뵈는 먼 곳이 그리움인지
동우6)인 채 산길에 섰기도 하네

---

6) '동이'의 방언(강원, 전남).

그 색시 서럽다

그 색시 서럽다 그 얼굴 그 동자가
가을 하늘가에 도는 바람 숫긴 구름조각
핼슥하고 서느라워 어데로 떠 갔으랴
그 색시 서럽다 옛날의 옛날의

바람에 나부끼는 갈잎

바람에 나부끼는 갈잎
여울에 희롱하는 갈잎
알만 모를만 숨 쉬고 눈물 맺은
내 청춘의 어느 날 서러운 손짓이여

뻘은 가슴을 훤히 벗고

뻘은 가슴을 훤히 벗고
개풀 수줍어 고개 숙이네
한낮에 배란 놈이 저 가슴 만졌고나
뻘건 맨발로는 나도 자꾸 간지럽고나

다정히도 불어오는 바람

다정히도 불어오는 바람이길래
내 숨결 가부엽게 실어보냈지
하늘가를 스치고 휘도는 바람
어이면 한숨만 몰아다 주오

떠 날아가는 마음

떠 날아가는 마음의 파름한 길을
꿈이런가 눈감고 헤아리려니
가슴에 선뜻 빛깔이 돌아
생각을 끊으며 눈물 고이며

그 밖에 더 아실 이

그 밖에 더 아실 이 안 계실거나
그이의 젖은 옷깃 눈물이라고
빛나는 별 아래 애달픈 입김이
이슬로 맺히고 맺히었음을

뵈지도 않는 입김

뵈지도 않는 입김의 가는 실마리
새파란 하늘 끝에 오름과 같이
대숲의 숨은 마음 기어 찾으려
삶은 오로지 바늘 끝같이

사랑은 하늘

사랑은 깊으기 푸른 하늘
맹세는 가볍기 흰 구름 쪽
그 구름 사라진다 서럽지는 않으나
그 하늘 큰 조화 못 믿지는 않으나

미움이란 말

미움이란 말 속에 보기 싫은 아픔
미움이란 말 속에 하잔한[7) 뉘침
그러나 그 말씀 씹히고 씹힐 때
한꺼풀 넘치어 흐르는 눈물

---

7) (기)하잔하다. 잔잔하고 한가롭다.

눈물 속 빛나는 보람

눈물 속 빛나는 보람과 웃음 속 어둔 슬픔은
오직 가을 하늘에 떠도는 구름
다만 후젓하고 줄 데 없는 마음만 예나 이제나
외론 밤 바람 숫긴 찬 별을 보았습니다

새벽 지친 별

밤이면 고총[8] 아래 고개 숙이고
낮이면 하늘 보고 웃음 좀 웃고
너른 들 쓸쓸하여 외론 할미꽃
아무도 몰래 지는 새벽 지친 별

---

8) 오래된 무덤.

설운 소리

빈 포케트에 손 찌르고 폴 베를렌ー느 찾는 날
온몸은 흐렁흐렁 눈물도 찔끔 나누나
오! 비가 이리 쫄쫄쫄 나리는 날은
설운 소리 한 천 마디 썼으면 싶어라

저 곡조만 사라지면

저 곡조만 아주 호동글 사라지면
목 속의 구슬을 물속에 버리려니
해와 같이 떴다 지는 구름 속 종달[9]은
내일 또 새론 섬 새 구슬 머금고 오리

---

9) '종다리'의 방언(강원).

들꽃

향내 없다고 버리실라면
내 목숨 꺾지나 말으시오
외로운 들꽃은 들가에 시들어
철없는 그이의 발끝에 조을걸

언덕에 누워 바다를 보면

언덕에 누워 바다를 보면
빛나는 잔물결 헤일 수 없지만
눈만 감으면 떠 오는 얼굴
뵈올 적마다 꼭 한분이구려

푸른 향물 흘러버린 언덕 위

푸른 향물 흘러버린 언덕 위에
내 마음 하루살이 나래로다
보실보실 가을 눈이 그 나래를 치며
허공의 속삭임을 들으라 한다

이 정거장 행여 잊을라

빠른 철로에 조는 손님아
이 시골 이 정거장 행여 잊을라
한가하고 그립고 쓸쓸한 시골사람의
드나드는 이 정거장 행여 잊을라

생각하면 부끄러운 일

생각하면 부끄러운 일이어라
석가나 예수같이 큰일을 하리라고
내 가슴에 불덩이가 타오르던 때
학생이란 피로 싸인 부끄러운 때

온몸을 감도는 붉은 핏줄

온몸을 감도는 붉은 핏줄이
꼭 감긴 눈 속에 뭉치어 있네
날랜 소리 한마디 날랜 칼 하나
그 핏줄 딱 끊어 버릴 수 없나

제야(除夜)

제운밤 촛불이 찌르르 녹아버린다
못 견디게 무거운 어느 별이 떨어지는가

어둑한 골목골목에 수심은 떴다 갈앉았다
제운밤 이 한밤이 모질기도 하온가

희부연 종이 등불 수줍은 걸음걸이
샘물 정히 떠 붓는 안쓰러운 마음결

한해라 그리운 정을 몰고[10] 쌓아 흰 그릇에
그대는 이 밤이라 맑으라 비사이다

---

10) (기)몰다. '모으다'의 옛말.

내 옛날 온 꿈이

내 옛날 온 꿈이 모조리 실리어 간
하늘가 닿는 데 기쁨이 사신가

고요히 사라지는 구름을 바래자
헛되나 마음 가는 그곳뿐이라

눈물을 삼키며 기쁨을 찾노란다
허공은 저리도 한없이 푸르름을

엎디어 눈물로 땅 위에 새기자
하늘가 닿는 데 기쁨이 사신다

그대는 호령도 하실 만하다

창랑11)에 잠방거리는12) 섬들을 길러
그대는 탈도 없이 태연스럽다

마을을 휩쓸고 목숨 앗아간
간밤 풍랑도 가소롭구나

아침 날빛에 돛 높이 달고
청산아 봐란 듯 떠나가는 배

바람은 차고 물결은 치고
그대는 호령도 하실 만하다

---

11) 창파(滄波). 넓고 큰 바다의 맑고 푸른 물결.
12) (기)잠방거리다. 작은 물체가 물에 부딪치거나 잠기는 소리가 자꾸 나다.
　　또는 그런 소리를 자꾸 내다.

비는 마음

아파 누워 혼자 비노라
이대로 가진 못하느냐

비는 마음 그래도 거짓 있나
살잔 욕심 찾아도 보나
새삼스레 있을 리 없다
힘없고 느릿한 핏줄 하나

오! 그저 이슬같이
예사 고요히 지려무나
저기 은행잎은 떠 날은다

가늘한 내음

내 가슴 속에 가늘한 내음
애끈히 떠도는 내음
저녁 해 고요히 지는 제
머-ㄴ 산허리에 슬리는 보랏빛

오! 그 수심 뜬 보랏빛
내가 잃은 마음의 그림자
한 이틀 정열에 뚝뚝 떨어진 모란의
깃든 향취가 이 가슴 놓고 갔을 줄이야

얼결에 여윈 봄 흐르는 마음
헛되이 찾으려 허덕이는 날
뻘 위에 철석 갯물이 놓이듯
얼컥 이-는 훗근한 내음

아! 홋근한 내음 내키다마는
서어한13) 가슴에 그늘이 도나니
수심 뜨고 애끈하고 고요하기
산허리에 슬리는 저녁 보랏빛

---

13) (기)서어하다. 1. 익숙하지 아니하여 서름서름하다. 2. 뜻이 맞지 아니하여
   조금 서먹하다.

내 마음을 아실 이

내 마음을 아실 이
내 혼자 마음 날같이 아실 이
그래도 어데나 계실 것이면

내 마음에 때때로 어리우는 티끌과
속임 없는 눈물의 간곡한 방울방울
푸른 밤 고이 맺는 이슬 같은 보람을
보밴 듯 감추었다 내어드리지

아! 그립다
내 혼자 마음 날같이 아실 이
꿈에나 아득히 보이는가

향 맑은 옥돌에 불이 달아

사랑은 타기도 하오련만
불빛에 연긴 듯 희미론 마음은
사랑도 모르리 내 혼자 마음은

물소리

바람 따라 가지오고 멀어지는 물소리
아주 바람같이 쉬는 적도 있었으면
흐름도 가득 찰랑 흐르다가
더러는 그림같이 머물렀다 흘러보지
밤도 산골 쓸쓸하이 이 한밤 쉬어 가지
어느 뉘 꿈에 든 셈 소리 없든 못할소냐

새벽 잠결에 언뜻 들리어
내 무건 머리 선뜻 씻기우느니
황금 소반에 구슬이 굴렀다
오 그립고 향미론 소리야
물아 거기 좀 멈췄으라 나는 그윽이
저 창공의 은하만년(銀河萬年)을 헤아려 보노니

모란이 피기까지는

모란이 피기까지는

나는 아직 나의 봄을 기둘리고 있을 테요

모란이 뚝뚝 떨어져 버린 날

나는 비로소 봄을 여읜 설움에 잠길 테요

오월 어느 날 그 하루 무덥던 날

떨어져 누운 꽃잎마저 시들어 버리고는

천지에 모란은 자취도 없어지고

뻗쳐오르던 내 보람 서운케 무너졌느니

모란이 지고 말면 그뿐 내 한해는 다 가고 말아

삼백 예순 날 하냥14) 섭섭해 우옵네다

모란이 피기까지는

나는 아직 기둘리고 있을 테요 찬란한 슬픔의 봄을

---

14) '늘'의 방언(전북, 충청, 평북).

불지암(佛地庵)[15]

　그 밤 가득한 산(山) 정기는 기척 없이 솟은 하얀 달빛에 모두 쓸리우고
　한낮을 향미로우라 울리던 시냇물 소리마저 멀고 그윽하여
　중향(衆香)의 맑은 돌에 맺은 금이슬 구을러 흐르듯
　아담한 꿈 하나 여승의 호젓한 품을 애끊이 사라졌느니

　천년 옛날 쫓기어간 신라의 아들이냐 그 빛은 청초한 수미산 나리꽃
　정녕 지름길 섯드른 흰옷 입은 고운 소년이
　흡사 그 바다에서 이 바다로 고요히 떨어지는 별

---

15) 금강산 표훈사에 딸린 작은 암자.

살16)같이

　옆산 모롱이에 언뜻 나타나 앞 골 시내로 사뿐 사
라지심

　승은 아까워 못 견디는 양 희미해지는 꿈만 뒤쫓
았으나

　끝없는지라 돌여 밝는 날의 남모를 귀한 보람을
품었을 뿐

　토끼라 사슴만 뛰어 보여도 반드시 기려지는 사나
이 지났었느니

　고운 연(輦)17)의 거동이 있음직한 맑고 트인 날

---

16) 혜성의 빛살.
17) 임금이 거둥할 때 타고 다니던 가마.

해 기우는 제
　승의 보람은 이루었느냐 가엾어라 미목청수[18]한
젊은 선비
　앞 시냇물 모이는 새파란 소[19]에 몸을 던지시니라

---

18) '眉目淸秀'.
19) 沼. 늪.

물 보면 흐르고

물 보면 흐르고
별 보면 또렷한
마음이 어이면 늙으뇨

흰 날에 한숨만
끝없이 떠돌던
시절이 가엾고 멀어라

안쓰런 눈물에 안겨
흩은 잎 쌓인 곳에 빗방울 듣듯
느낌은 후줄근히 흘러 흘러가건만

그 밤을 홀히 앉으면
무심코 야윈 볼도 만져 보느니
시들고 못 피인 꽃 어서 떨어지거라

강선대(降仙臺)

강선대 돌바늘 끝에
하잔한 인간 하나
그는 버―ㄹ써
불타오르는 호수에 뛰어내려서
제 몸 사뤘더라면[20] 좋았을 인간

이제 몇 해뇨
그 황홀 만나도 이 몸 선뜻 못 내던지고
그 찬란 보고도 노래는 영영 못 부른 채

젖어드는 물결과 싸우다 넘기고
시달린 마음이라 더러 눈물 맺었네

―――――――――――
20) '(기)사르다'의 변형으로 추정. 불사르다.

강선대 돌바늘 끝에 벌써
불사뤘어야 좋았을 인간

달

사개21)를 인 고풍의 툇마루에 없는 듯이 앉아

아직 떠오를 기척도 없는 달을 기둘린다

아무런 생각 없이

아무런 뜻 없이

이제 저 감나무 그림자가

사뿐 한 치씩 옮아오고

이 마루 위에 빛깔의 방석이

보시시 깔리우면

나는 내 하나인 외론 벗

가냘픈 내 그림자와

---

21) 1. 모서리에서 여러 갈래의 장부를 깍지 끼듯이 맞추려고 가공한 것. 2. 사방의 보나 도리가 기둥 위에서 맞춰지도록 기둥머리를 네 갈래로 파낸 것.

말없이 몸짓없이 서로 맞대고 있으려니
이 밤 옮기는 발짓이나 들려오리라

마당 앞 맑은 새암

마당 앞
맑은 새암[22]을 들여다본다

저 깊은 땅 밑에
사로잡힌 넋 있어
언제나 머-ㄴ 하늘만
내어다보고 계심 같아

별이 총총한
맑은 새암을 들여다본다

저 깊은 땅 속에

---

22) 샘.

편히 누운 넋 있어
이 밤 그 눈 반짝이고
그의 겉몸23) 부르심 같아

마당 앞
맑은 새암은 내 영혼의 얼굴

---

23) 겉으로 드러나 보이는 몸.

청명

호르 호르르 호르르르 가을 아침
취여진 청명을 마시며 거닐면
수풀이 호르르 벌레가 호르르르
청명은 내 머릿속 가슴 속을 젖어들어
발끝 손끝으로 새어나가나니

온 살결 터럭 끝은 모두 눈이요 입이라
나는 수풀의 정을 알 수 있고
벌레의 예지를 알 수 있다
그리하여 나도 이 아침 청명의
가장 고웁지 못한 노래꾼이 된다

수풀과 벌레는 자고 깨인 어린애
밤 새워 빨고도 이슬은 남았다
남았거든 나를 주라

나는 이 청명에도 주리나니
방에 문을 달고 벽을 향해 숨 쉬지 않았느뇨

햇발이 처음 쏟아오아
청명은 갑자기 으리으리한 관을 쓴다
그때에 토록 하고 동백 한 알은 빠지나니
오! 그 빛남 그 고요함
간밤에 하늘을 쫓긴 별살의 흐름이 저러했다

온 소리의 앞소리요
온 빛깔의 비롯이라
이 청명에 포근 축여진 내 마음
감각의 낯익은 고향을 찾았노라
평생 못 떠날 내 집을 들었노라

황홀한 달빛

황홀한 달빛
바다는 은(銀)장
천지는 꿈인 양
이리 고요하다

부르면 내려올 듯
정든 달은
맑고 은은한 노래
울려날 듯

저 은(銀)장 위에
떨어진단들
달이야 설마
깨어질라고

떨어져 보라
저 달 어서 떨어져라
그 혼란스럼
아름다운 천동지동[24]

후젓한 삼경
산 위에 홀히
꿈꾸는 바다
깨울 수 없다

---

24) 천동(天動). 하늘이 운행함. 지동(地動). 지구가 돌아 움직이는 운동.

두견

울어 피를 뱉고 뱉은 피 도로 삼켜
평생을 원한과 슬픔에 지친 적은 새
너는 너른 세상에 설움을 피로 새기러 오고
네 눈물은 수천 세월을 끊임없이 흐려 놓았다
여기는 먼 남쪽 땅 너 쫓겨 숨음직한 외딴 곳
달빛 너무도 황홀하여 후젓한 이 새벽을
송기한 네 울음 천 길 바다 밑 고기를 놀래고
하늘가 어린별들 버르르 떨리겠고나

몇 해라 이 삼경에 빙빙 도-는 눈물을
숫지는 못하고 고인 그대로 흘리었느니
서럽고 외롭고 여윈 이 몸은
퍼붓는 네 술잔에 그만 진을 겪으니
무섬증 드는 이 새벽까지 울리는 저승의 노래

저기 성(城) 밑을 돌아 나가는 죽음의 자랑찬 소
리여
　　달빛 오히려 마음 어둘 저 흰 등 흐느껴 가신다
　　오래 시들어 파리한 마음마저 가고지워라

　　비탄의 넋이 붉은 마음만 낱낱 시들피나니
　　짙은 봄 옥 속 춘향이 아니 죽었을라디야
　　옛날 왕궁을 나신 나이 어린 임금이
　　산골에 홀히 우시다 너를 따라 가셨더라니
　　고금도 마주 보이는 남쪽 바닷가 한 많은 귀향길
　　천리망아지 얼렁소리 쉰 듯 멈추고
　　선비 여윈 얼굴 푸른 물에 띄웠을 제
　　네 한(恨)된 울음 죽음을 호려 불렀으리라

너 아니 울어도 이 세상 서럽고 쓰린 것을
이른 봄 수풀이 초록빛 들어 물 내음새 그윽하고
가는 댓잎에 초생달 매달려 애틋한 밝은 어둠을
너 몹시 안타까워 포실거리며 훗훗 목메었느니
아니 울고는 하마 죽어 없으리 오! 불행의 넋이여
우진진 진달래 와직 지우는 이 삼경의 네 울음
희미한 줄산이 살풋 물러서고
조그만 시골이 흥청 깨어진다

빛깔 환히

빛깔 환히
동창에 떠오름을 기둘리신가
아흐레 어린 달이
부름도 없이 홀로 났네
월출동령(月出東嶺)!
팔도 사람 다 맞이하소
기척 없이 따르는 마음
그대나 홀히 싸안아 주오

내 홋진 노래

그대 내 홋진 노래를 들으실까
꽃은 까득[25] 피고 벌떼 닝닝거리고

그대 내 그늘 없는 소리를 들으실까
안개 자욱이 푸른 골을 다 덮었네

그대 내 흥 안 이는 노래를 들으실까
봄 물결은 왜 이는지 출렁거린다

내 소리는 꿰벗어 봄철이 실타리
호젓한 소리 가다가는 쓸쓸한 소리

---

25) 가득.

어슨 달밤 빨간 동백꽃 쥐어 따서
마음씨 냥 꽁꽁 주물러 버리네

수풀 아래 작은 샘

수풀 아래 작은 샘
언제나 흰 구름 떠가는 높은 하늘만 내어다보는
수풀 속의 맑은 샘
넓은 하늘의 수만 별을 그대로 총총 가슴에 박은
작은 샘
두레박을 쏟아져 동이 가를 깨지는 찬란한 떼별의
흩는 소리
얼켜져 감긴 구슬 손결이
온 별나라 휘흔들어 버리어도 맑은 샘
해도 저물녘 그대 종종걸음 흰 듯 다녀갈 뿐 샘은
외로워도
그 밤 또 그대 날과 샘과 셋이 도른도른
무슨 그리 향그런 이야기 날을 세웠나
샘은 애끈한 젊은 꿈 이제도 그저 지녔으리
이 밤 내 혼자 나려가 볼꺼나 나려가 볼꺼나

연 1

내 어린 날!
아슬한 하늘에 뜬 연같이
바람에 깜박이는 연실같이
내 어린 날! 아슴풀하다

하늘은 파ー랗고 끝없고
편편한 연실은 조매롭고
오! 흰 연 그 새에 높이
아실아실 떠놀다 내 어린 날!

바람 일어 끊어지던 날
엄마 아빠 부르고 울다
희끗희끗한 실낫26)이 서러워
아침저녁 나무 밑에 울다

오! 내 어린 날 하얀 옷 입고
외로이 자랐다 하얀 넋 담고
조마조마 길가에 붉은 발자욱
자욱마다 눈물이 고이였었다

---

26) '실낱'의 옛말.

언 땅 한길

언 땅 한길 파도 파도
광이[27]는 아프게 마치더라
언—대로 묻어 두기 불쌍하기사
봄 틔어 녹으면 울며 보채리

두 자 세 치를 눈이 덮여도
뿌리는 얼씬 못 건드려
대 죽고 난 이 삼월(三月) 파르스름히
풀잎은 깔리네 깔리네

---

27) 1. '고양이'의 방언(강원, 평북). 2. '괭이'의 옛말.

북

자네 소리하게 내 북을 잡지

진양조 중머리 중중머리
엇머리 잦아지다 휘몰아 보아

이렇게 숨결이 꼭 맞어사만 이룬 일이란
인생에 흔치 않아 어려운 일 시원한 일

소리를 떠나서야 북은 오직 가죽일 뿐
헛 때리면 만갑(萬甲)이도 숨을 고쳐 쉴밖에

장단을 친다는 말이 모자라오
연창(演唱)28)을 살리는 반주쯤은 지나고
북은 오히려 콘닥터ー요

떠받는 명고(名鼓)인디 잔가락을 온통 잊으오
떡 궁! 동중정(動中靜)이요 소란 속에 고요 있어
인생이 가을같이 익어가오

자네 소리하게 내 북을 치지

---

28) 두 사람이 함께 노래함.

춘향

큰칼 쓰고 옥에 든 춘향이는
제 마음이 그리도 독했던가 놀래었다
성문이 부서져도 이 악물고
사또를 노려보던 교만한 눈
그는 옛날 성학사[29] 박팽년이
불지짐에도 태연하였음을 알았었니라
오! 일편단심

원통코 독한 마음 잠과 꿈을 이뤘으랴
옥방(獄房) 첫날밤은 길고도 무서워라
설움이 사모치고 지쳐 쓰러지면
남강의 외론 혼은 불리어 나왔느니

---

29) 성삼문.

논개! 어린 춘향을 꼭 안아
밤 새워 마음과 살을 어루만지다
오! 일편단심

사랑이 무엇이기
정절이 무엇이기
그 때문에 꽃의 춘향 그만 옥사하단 말가
지네 구렁이 같은 변학도의
흉칙한 얼굴에 까무러쳐도
어린 가슴 달큼히 지켜 주는 도련님 생각
오! 일편단심

상하고 멍든 자리 마디마디 문지르며
눈물은 타고 남은 간을 젖어내렸다

버들잎이 창살에 선뜻 스치는 날도
도련님 말방울 소리는 아니 들렸다
삼경(三更)을 세오다가 그는 고만 단장(斷腸)하다
두견이 울어 두견이 울어 남원 고을도 깨어지고
오! 일편단심

깊은 겨울밤 비바람은 우루루루
피칠 해 논 옥 창살을 들이치는데
옥(獄) 죽음한 원귀들이 구석구석에 휙휙 울어
청절 춘향도 혼을 잃고 몸을 버려 버렸다
밤새도록 까무러치고
해 돋을 녘 깨어나다
오! 일편단심

믿고 바라고 눈 아프게 보고 싶던 도련님이
죽기 전에 와 주셨다 춘향은 살았구나
쑥대머리 귀신 얼굴 된 춘향이 보고
이도령은 잔인스레 웃었다 저 때문의 정절이 자랑
스러워
〈우리 집이 팍 망해서 상거지가 되었지야〉
틀림없는 도련님 춘향은 원망도 안 했니라
오! 일편단심

모진 춘향이 그 밤 새벽에 또 까무러쳐서는
영 다시 깨어나진 못했었다 두견은 울었건만
도련님 다시 뵈어 한을 풀었으나 살아날 가망은
아주 끊기고
온몸 푸른 맥도 획 풀려 버렸을 법

출도(出道) 끝에 어사는 춘향의 몸을 거두며 울다
〈내 변가(卞哥)보다 잔인 무지하여 춘향을 죽였구나〉
오! 일편단심

바다로 가자

바다로 가자 큰 바다로 가자

우리 인젠 큰 하늘과 넓은 바다를 마음대로 가졌
노라

하늘이 바다요 바다가 하늘이라

바다 하늘 모두 다 가졌노라

옳다 그리하여 가슴이 뻐근치야

우리 모두 다 가자꾸나 큰 바다로 가자꾸나

우리는 바다 없이 살았지야 숨 막히고 살았지야

그리하여 쪼여들고 울고불고 하였지야

바다 없는 항구 속에 사로잡힌 몸은

살이 터져나고 뼈 튀겨나고 넋이 흩어지고

하마터면 아주 거꾸러져 버릴 것을

오! 바다가 터지도다 큰 바다가 터지도다

쪽배 타면 제주야 가고 오고
독목선(獨木船)30) 왜(倭)섬이사 갔다 왔지
허나 그게 바다러냐
건너뛰는 실개천이라
우리 삼 년 걸려도 큰 배를 짓자꾸나
큰 바다 넓은 하늘을 우리는 가졌노라

우리 큰 배 타고 떠나가자꾸나
창랑을 헤치고 태풍을 걷어차고
하늘과 맞닿은 저 수평선 뚫으리라
큰 호통 하고 떠나가자꾸나

---

30) 마상이. 통나무를 파서 만든 작은 배.

바다 없는 항구에 사로잡힌 마음들아
툭 털고 일어서자 바다가 네 집이라

우리들 사슬 벗은 넋이로다 풀어놓인 겨레로다
가슴엔 잔뜩 별을 안으려마
손에 잡히는 엄마별 아가별
머리엔 끄득 보배를 이고 오렴
발아래 쫙 깔린 산호요 진주라
바다로 가자 우리 큰 바다로 가자

독(毒)을 차고

내 가슴에 독(毒)을 찬 지 오래로다
아직 아무도 해한 일 없는 새로 뽑은 독
벗은 그 무서운 독(毒) 그만 흩어 버리라 한다
나는 그 독(毒)이 선뜻 벗도 해할지 모른다 위협
하고

독(毒) 안 차고 살아도 머지않아 너 나 마주 가 버
리면
억만 세대가 그 뒤로 잠자코 흘러가고
나중에 땅덩이 모지라져 모래알이 될 것임을
〈허무한디!〉 독(毒)은 차서 무엇 하느냐고?

아! 내 세상에 태어났음을 원망 않고 보낸
어느 하루가 있었던가 〈허무한디!〉 허나

앞뒤로 덤비는 이리 승냥이 바야흐로 내 마음을
노리매
　내 산 채 짐승의 밥이 되어 찢기우고 할퀴우라 내
맡긴 신세임을

　나는 독을 차고 선선히 가리라
　마금날 내 외로운 혼 건지기 위하여

강물

잠자리가 설워서 일어났소
꿈이 고웁지 못해 눈을 떴소

베개에 차단히 눈물은 젖었는디
흐르다 못해 한 방울 애끈히 고이였소

꿈에 본 강물이라 몹시 보고 싶었소
무럭무럭 김 오르며 내리는 강물

언덕을 혼자서 거니노라니
물오리 갈매기도 끼륵끼륵

강물은 철철 흘러가면서
아심찮이 그 꿈도 떠싣고[31] 갔소

꿈이 아닌 생시 가진 설움도
자꾸 강물은 떠싣고 갔소

---

31) (기)떠싣다. 떠맡거나 들어서 싣다.

우감(偶感)

우렁찬 소리 한마디 안 그리운가
내 비위에 꼭 맞는 그 한마디!
입에 돌고 귀에 아직 우는구나

사십 갓 찬 나이, 내 일찍 나서 좋다
창자가 잘리는 설움도 맛봐서 좋다
간 쓸개가 가까스로 남았거늘

아버지도 싫다 너무 이른 때 나셨다
아들도 싫다 너무 지나서 나왔다
내 나이 알맞다 가장 서럽게 자랐다

행복을 찾노라 모두들 환장한다
제 혼자 때문만 아니라는구나 주제넘게 남의 행복

까지!
 갖다 부처님께 바쳐라 앓는 마누라나 달래라

 봄 되면 우렁찬 소리 여기저기 나는 듯해 자지러
지다가도
 거저 되살아날 듯싶다만 내 보금자리는 하냥 서린
행복이 가득 차 있다

묘비명

생전에 이다지 외로운 사람
어이해 되 아래 비(碑)돌 세우오
초조론32) 길손의 한숨이라도
헤어진 고총에 자주 떠 오리
날마다 외롭다 가고 말 사람
그래도 되 아래 비(碑)돌 세우리
〈외롭건 내 곁에 쉬시다 가라〉
한(恨) 되는 한마디 삭이실란가

---

32) (기)초조롭다. 애가 타서 몹시 마음을 졸이는 듯하다.

가야금

북으로
북으로
울고 간다 기러기

남방의
대숲 밑
뉘 휘여 날켰느뇨

앞서고 뒤섰다
어지럴 리 없으나

가냘픈 실오라기
네 목숨이 조매로아

거문고

검은 벽에 기대선 채로
해가 스무 번 바뀌었는디
내 기린은 영영 울지를 못한다

그 가슴을 퉁 흔들고 간 노인의 손
지금 어느 끝없는 향연에 높이 앉았으려니
땅 위의 외론 기린이야 하마 잊어졌을라

바깥은 거친 들 이리떼만 몰려다니고
사람인 양 꾸민 잔나비떼들 쏘다다니어
내 기린은 맘 둘 곳 몸 둘 곳 없어지다

문 아주 굳게 닫고 벽에 기대선 채
해가 또 한 번 바뀌거늘
이 밤도 내 기린은 맘 놓고 울들 못한다

천리를 올라온다

천리를 올라온다
또 천리를 올라들 온다
나귀 얼렁소리 닿는 말굽소리
청운의 큰 뜻은 모여들다 모여들다.

남산 북악 갈래갈래 뻗은 골짜기
엷은 안개 그 밑에 묵은 이끼와 푸른 송백
낭랑히 울려나는 청의동자(靑衣童子)33)의 글 외는
소리
나라가 덩그러니 이룩해지다.

인경종이 울어 팔문(八門)34)이 굳이 닫히어도

---

33) 신선의 시중을 든다는 푸른 옷을 입은 사내아이.
34) 4대문과 4소문.

난신외구(亂臣外寇)[35]더러 성(城)을 넘고 불을 놓다.

퇴락한 금석전각(金石殿閣) 이젠 차라리 겨레의 향그런 재화(才華)로다.

찬란한 파고다여, 우리 그대 앞에 진정 고개 숙인다.

철마가 터지던 날 노들 무쇠다리

신기한 먼 나라를 사뿐 옮겨다 놓았다.

서울! 이 나라의 화사한 아침 저자러라

겨레의 새 봄바람에 어리둥절 실행(失行)한 숫처년들 없었을 거냐.

남산에 올라 북한관악(北漢冠岳)을 두루 바라다보

---

[35] 반란의 무리와 외부의 적.

아도

정녕코 산(山) 정기로 태어난 우리들이라.
우뚝 솟은 묏부리마다 고물고물 골짜기마다
내 모습 내 마음 두견이 울고 두견이 피고

높은 재 얕은 골 흔들리는 실마리 길
그윽하고 너그럽고 잔잔하고 산뜻하지
백마 호통소리 나는 날이면
황금 꾀꼬리 희비교향을 아뢰리라.

오월 한(五月恨)

모란이 피는 오월 달
월계도 피는 오월 달
온갖 재앙이 다 벌어졌어도
내 품에 남는 다순[36] 김 있어
마음실 튀기는 오월이러라
무슨 대견한 옛날었으랴
그래서 못 잊는 오월이랴
청산을 거닐면 하루 한 치씩
뻗어오르는 풀숲 사이를
보람만 달리던 오월이러라
아무리 두견이 애달파 해도
황금 꾀꼬리 아양을 펴도

---

36) (기)다숩다. 다습다.

싫고 좋고 그렇기보다는
풍기는 내음에 진을 겪건만
어느새 다 해—진 오월이러라.

어느 날 어느 때고

어느 날 어느 때고
잘 가기 위하여
평안히 가기 위하여
몸이 비록
아프고 지칠지라도
마음 평안히
가기 위하여
일만 정성
모두어 보리.
멋없이 봄은 살같이 떠나고
중년은 하 외로워도
이 허무에선 떠나야 될 것을
살이 삭삭
여미고 썰릴지라도

마음 평안히
가기 위하여
아! 이것
평생을 닦는 좁은 길.

지반(池畔)[37] 추억

깊은 겨울 햇빛이 다사한 날

큰 못가의 하마 잊었던 두덩길을 사뿐 거닐어가다
무심코 주저앉다

구르다 남아 한 곳에 소복이 쌓인 낙엽 그 위에
주저앉다

사르르 빠시식 어쩌면 내가 이리 짖궂은고

내 몸 풀을 내가 느끼거늘 아무렇지도 않은 듯 앉
아지다?

못물은 추위에도 다르다 얼지도 않은 날에 낙엽이
수없이 묻힌 검은 뻘

흙이랑 더러 드러나는 물 부피도 많이 줄었다

흐르지 않더라도 가는 물결이 금 가거늘

이 못물 왜 이럴까 이게 바로 그 죽음의 물일까

---

37) 연못의 변두리.

그저 고요하다 뻘 흙 속엔 지렁이 하나도 꿈틀거리지 않아?

뽀글하지도 않아 그저 고요하다 그 물 위에 떨어지는 마른 잎 하나도 없어?

햇볕이 다사롭기로야 나는 서운하나마 인생을 느끼는데

여남은 해? 그때는 봄날이러라 비로 이 못가이러라

그이와 단둘이 흰 모시 진솔38) 두르고 푸르른 이끼도 행여 밟을세라 돌 위에

앉고 부풀은 봄 물결 위의 떠노는 백조를 희롱하여

아직 청춘을 서로 좋아하였거니

아! 나는 이즈음 서운하나마 인생을 느끼는데

---

38) 옷이나 버선 따위가 한 번도 빨지 않은 새것 그대로인 것.

금호강

언제부터
응 그래 저 수백 리를
맥맥히 이어받고 이어가는 도란 물결 소리
슬픈 어족(魚族) 거슬러 행렬하는 강
차라리 아쉬움에
내 후련한 연륜과 함께
맛보듯 구수한 이야기 잊고
어드맬 흘러 갈 금호강

여기 해 뜨는 아침이 있었다
계절풍과 더불어 꽃피는 봄이 있었다
교교히 달빛 어린 가을이 있었다.

이 나룻가에서

내가 몸을 따루며39) 살았다.
물소리를 듣고 잠들었다.
오랜 오늘
근이는 대학을 들고
수방우와 그리고 선이가 죽었다는
소문이 도시40) 믿어지지 않은,
이 나룻가
오롯한 위치에 내 홀로 서면,
지금은 어느 어머니가 된
눈맵시 아름다운 연인의 이름이,
아직도 입술에 맴돌아
사라지지 않고,

---

39) (기)따루다. '따르다'의 방언(강원, 경기, 충청, 함남).
40) 도무지.

이 나룻가 물을 마시고 받은
내 청춘의 상처
아— 나의 병아

오월 아침

비 개인 오월 아침
혼란스런 꾀꼬리 소리
─찬란한 햇살 퍼져오릅네다

이슬비 새벽을 적시울 즈음
두견의 가슴 찢는 소리 피어린 흐느낌
한 그릇 옛날 향훈(香薰)41), 어찌
이 맘 흥근 안 젖었으리오마는

이 아침 새 빛에 하늘대는 어린 속잎들
저리 부드러웁고
그 보금자리에 찌찌찌 소리내는 잡새의

---

41) 향기로운 냄새.

발목은 포실거리어
접힌 마음 구긴 생각 이제 다 어루만져졌나 보오.

꾀꼬리는 다시 창공을 흔드오
자랑찬 새 하늘 사치스레 만드오

몰핀 냄새도 잊어버렸대서야
불혹이 자랑이 되지 않소

아침 꾀꼬리에 안 불리는 혼(魂)이야
새벽 두견이 못 잡는 마음이야
한낮이 정밀(靜謐)하단들 또 무얼하오

저 꾀꼬리 무던히 소년인가보

새벽 두견이야 오—랜 중년이고
내사 불혹을 자랑튼 사람

오월

들길은 마을에 들자 붉어지고
마을 골목은 들로 내려서자 푸르러진다
바람은 넘실 천(千)이랑 만(萬)이랑
이랑 이랑 햇빛이 갈라지고
보리도 허리통이 부드럽게 드러났다
꾀꼬리는 여태 혼자 날아 볼 줄 모르나니
암컷이라 쫓길 뿐
수컷이라 쫓을 뿐
황금 빛난 길이 어지럴 뿐
얇은 단장하고 아양 가득 차 있는
산봉우리야 오늘밤 너 어디로 가 버리련?

낮의 소란소리

거나한 낮의 소란소리 풍졌는디
금시 퇴락하는 양
묵은 벽지의 내음 그윽하고
저쯤 예사 걸려 있을 희멀끔한 달
한 자락 펴진 구름도 못 말아놓는 바람이어니
묵근히 옮겨 딛는 밤의 검은 발짓만
고되인 넋을 짓밟누나
아! 몇 날을 더 몇 날을
뛰어 본 다리 날아 본 다리
허잔한 풍경을 안고 고요히 선다

땅거미

가을날 땅거미 아름풋한 흐름 위를
고요히 실리우다 훤뜻 스러지는 것
잊은 봄 보랏빛의 낡은 내음이뇨
임으 사라진 천리 밖의 산울림
오랜 세월 시닷긴 으스름한 파스텔
애달픈 듯한
좀 서러운 듯한

오! 모두 다 못 돌아오는
먼— 지난날의 놓친 마음

집

내 집 아니라
늬 집이라
날으다 얼른 돌아오라
처마 난간이
늬들 가여운 속삭임을 지음(知音)터라

내 집 아니라
늬 집이라
아배 간 뒤 머언 날
아들 손자 잠도 깨우리
문틈 사이 늬는 몇 대(代)째 설워 우느뇨

내 집 아니라
늬 집이라
하늘 날으던 은행잎이

좁은 마루 구석에 품인 듯 안겨든다
태고로 맑은 바람이 거기 살았니라

오! 내 집이라
열 해요 스무 해를
앉았다 누웠달 뿐
문 밖에 바쁜 손이
길 잘못 들어 날 찾아오고

손때 살내음도 절었을 난간이
흔히 나를 안고 한가하다
한두 쪽 흰 구름도 사라지는디
한 두엇 저질러 논 부끄러운 짓
파아란 하늘처럼 아슴풀하다

연 2

좀평나무 높은 가지 끝에 얽힌 다아 해진
　　흰 실낱을 남은 몰라도
보름 전에 산을 넘어 멀리 가 버린 내 연의
　　한 알 남긴 설움의 첫 씨
태어난 뒤 처음 높이 띄운 보람 맛본 보람
안 끊어졌드면 그럴 수 없지
찬바람 쐬며 콧물 흘리며 그 겨울 내
　　그 실낱 치어다보러 다녔으리
내 인생이란 그때버텀 벌써 시든 상 싶어
철든 어른을 뽐내다가도 그 실낱같은 병의 실마리
마음 어느 한 구석에 도사리고 있어 얼씬거리면
아이고! 모르지
불다 자는 바람 타다 꺼진 불똥
아! 인생도 겨레도 다아 멀어지더구나

한줌 흙

본시 평탄했을 마음 아니로다
굳이 톱질하여 산산 찢어 놓았다

풍경이 눈을 홀리지 못하고
사랑이 생각을 흐리지 못한다

지쳐 원망도 않고 산다

대체 내 노래는 어디로 갔느냐
가장 거룩한 것 이 눈물만

아신 마음 끝내 못 빼앗고
주린 마음 끄득 못 배불리고

어차피 몸도 피로워졌다
바삐 관에 못을 다져라

아무려나 한 줌 흙이 되는구나

망각

걷던 걸음 멈추고 서서도 얼컥 생각키는 것 죽음
이로다

그 죽음이사 서른 살 적에 벌써 다 잊어버리고 살
아왔는디

웬 노릇인지 요즘 자꾸 그 죽음 바로 닥쳐 온 듯
만 싶어져

항용 주춤 서서 행길을 호기로이 달리는 행상(行
喪)을 보랐고 있느니

내 가 버린 뒤도 세월이야 그대로 흐르고 흘러가
면 그뿐이오라

나를 안아 기르던 산천도 만년 하냥 그 모습 아름
다워라

영영 가버린 날과 이 세상 아무 가껠 것 없으매

다시 찾고 부를 인들 있으랴 억만 영겁이 아득할 뿐

산천이 아름다워도 노래가 고왔더라도 사랑과 예술이 쓰고 달금하여도[42]

그저 허무한 노릇이어라 모든 산다는 것 다 허무하오라

짧은 그동안이 행복했던들 참다웠던들 무어 얼마나 다를라더냐

다 마찬가지 아니 남만 나을러냐? 다 허무하오라

그날 빛나던 두 눈 딱 감기어 명상한대도 눈물은 흐르고 허덕이다 숨 다 지면 가는 거지야

---

42) (기)달금하다. 감칠맛이 있게 꽤 달다. '달큼하다'보다 여린 느낌을 준다.

더구나 총칼 사이 헤매다 죽는 태어난 비운의 겨
레이어든
죽음이 무서웁다 새삼스레 뉘 비겁할소냐마는 비
겁할소냐마는
죽는다— 고만이라— 이 허망한 생각 내 마음을
왜 꼭 붙잡고 놓질 않느냐

망각하자— 해 본다 지난날을 아니라 닥쳐오는 내
죽음을
아! 죽음도 망각할 수 있는 것이라면
허나 어디 죽음이사 망각해질 수 있는 것이냐
길고 먼 세기(世紀)는 그 죽음 다 망각하였지만

김영랑(1903.01.16~1950.09.29)

시인

본명 윤식(允植)

1903년 전라남도 강진의 지주 집안에서 태어남. 아버지 김종호와 어 머니 김해 김씨 사이의 5남매 중 장남

1909년 강진보통학교 입학

1916년 결혼(1년 만에 사별). 어머니의 도움으로 서울 기독교청년회 관에서 영어를 익힘

1917년 휘문의숙(현 휘문고등학교)에 입학. 선배 홍사용, 안석주, 박 종화와 후배 정지용, 이태준 등을 만남

1919년 3.1 운동 당시 선언문을 감추고 강진으로 내려갔다가 발각, 6개월 동안 옥고를 치름

1920년 일본 아오야마학원 중등부에 입학. 박용철을 만남

1921년 성악을 전공하려 하였으나 아버지의 반대로 일시 귀국

1922년 아오야마학원 영문과로 적을 옮김

1923년 관동대지진 때 귀국 후 김귀련(金貴蓮)과 두 번째 결혼

1930년 『시문학』 창간호에 「동백잎에 빛나는 마음」(후에 「끝없는 강물이 흐르네」로 제목이 바뀜) 등 시 30여 편 발표하며 문단에 등단

1934년 『문학』 창간호에 「모란이 피기까지는」 등을 발표

1935년 박용철의 후원으로 『영랑시집』 간행(시문학사. 김영랑의 첫 번째 시집)

1939년 『문장』에 시 「독을 차고」, 『시림』에 시 「전신주」 발표

1940년 『조광』에 「한줌 흙」 발표

1945년 8.15 해방 후 강진에서 우익 운동에 참여

1949년 공보처 출판국장 역임. 『영랑시선』(중앙문화협회) 간행

1950년 한국전쟁 때 서울에서 은거하던 중 수복 하루 전 9월 27일 포탄 파편에 맞아 중상을 입어 9월 29일 운명

**김영랑의 작품들은 목적의식이 담긴 시를 거부하고 이상적인 순수 서정시에 집중하였다. 아름다운 시어 속을 흐르는 조용한 저항의식이 담긴 민족주의적 시를 쓰기도 하였다.

**우리에게는 시문학파(박용철, 정지용 등)로 알려져 있으며, 저항시인으로도 알려져 있다.

**절제된 언어로 민요적 운율의 시를 썼다.

**일제 말기 창씨개명과 신사참배를 끝까지 거부하는 곧은 절개를 보여주었다.

큰글한국문학선집: 김영랑 시선집

모란이 피기까지는

© 글로벌콘텐츠, 2015

1판 1쇄 인쇄_2015년 07월 20일
1판 1쇄 발행_2015년 07월 30일

지은이_김영랑
엮은이_글로벌콘텐츠 편집부
펴낸이_홍정표

펴낸곳_글로벌콘텐츠
　　　등　록_제25100-2008-24호

공급처_(주)글로벌콘텐츠출판그룹
　　　기획·마케팅_노경민　　**편집**_김현열 송은주　　**디자인**_김미미　　**경영지원**_안선영
　　　주소_서울특별시 강동구 천중로 196 정일빌딩 401호
　　　전화_02-488-3280　　**팩스**_02-488-3281
　　　홈페이지_www.gcbook.co.kr

값 12,000원
ISBN 979-11-5852-007-6 03810